沁園春
北國風光千里冰封萬里雪飄望長城內外惟餘莽莽大河上下頓失滔滔山舞銀蛇原驰蠟象欲與天公試比高須晴日看紅裝素裹分外妖嬈江山如此多嬌引無數英雄競折腰惜秦皇漢武略輸文采唐宗宋祖稍遜風騷一代天驕成吉思汗只識彎弓射大雕俱往矣數風流人物還看今朝
大江歌罷掉頭東邃密群科濟世窮面壁十年圖破壁難酬蹈海亦英雄
右詩乃吾十九歲東渡時所作
民國八年三月
中華民國廿年一月十七日夜
周恩來

红色记忆·丛书

HONGSHI
YIBAISHOU

红诗一百首

◎ 陈志红/主编

南方日报出版社
NANFANG DAILY PRESS
中国·广州

图书在版编目（CIP）数据

红诗一百首 / 陈志红主编. -- 广州 : 南方日报出版社, 2011.6
（红色记忆丛书）
ISBN 978-7-5491-0221-1

Ⅰ. ①红… Ⅱ. ①陈… Ⅲ. ①诗集－中国－现代②诗集－中国－当代
Ⅳ. ①I226

中国版本图书馆 CIP 数据核字(2011)第 112048 号

红诗一百首　　陈志红 主编

出版发行：南方日报出版社
地　　址：广州市广州大道中 289 号
电　　话：（020）83000502
经　　销：全国新华书店
印　　刷：广州市怡升印刷有限公司
开　　本：889mm×1194mm　1/16
印　　张：9.25　插页：0.25
字　　数：80 千字
版　　次：2011 年 6 月第 1 版
印　　次：2011 年 6 月第 1 次印刷
定　　价：28.00 元

投稿热线：（020）83000503　读者热线：（020）83000502

网址：http://nf.nfdaily.cn/press/

《红色记忆丛书》编委会

总　序

林　雄

一个半多世纪之前，“天朝”中国不堪利炮一击，堕入被西方列强瓜分豆剖的长夜噩梦。知耻而后勇，一代代先进的中国人，上下求索民族振兴之路，洋务运动、戊戌维新、辛亥革命、新文化运动……古老中国被动走上现代化之旅。但不触及根本社会制度的变法图强，屡试屡败。没有一个独立、统一的中国，就不可能真正开始中国的现代化。90 年前，中国共产党诞生，率领中国人民进行反帝、反封建的新民主主义革命，通过 28 年的浴血奋战，建立了新中国，为中国的现代化奠定了基础。从此，中国共产党率领全国各族人民艰苦开拓社会主义现代化道路。30 多年前的改革开放，更使中国迈上了现代化建设的快车道。经济腾飞，世人瞩目。中华民族挥去百年萎靡，展现现代化的灿烂前景。

中国共产党领导中国走向现代化的努力，革命先烈为民族振兴奋斗的历史，融入了我们脚下的这块土地，成为抹不去的红色记忆。这些红色记忆或为文载口传的红色故事、逸事、歌谣、诗文，或以革命纲领、标语、证章、服饰、货币、票据呈现的红色符号，或以物质形态留存的革命历史遗址、革命纪念地。当初作为革命隐喻或者指代中国共产党的一些革命符号，例如五星红旗、镰刀、锤子等，随着中国共产党的执政，被确立为国家的国旗、国徽、国号、国歌等，成为国家的象征。一些红色记忆复活于革命成功前后创作的小说、电影、戏剧、歌曲、诗文、美术作品之中，成为永不退色的红色经典……这些红色记忆构成中国红色文化最外显和最鲜活的部分。

中国红色文化是中国共产党领导中国人民在长期的革命和建设中积淀起来的一种特殊的文化类型。包括革命遗址、纪念地及革命遗物等物质文化，革命理论、纲领、路线、方针、政策等制度文化，革命和建设过程中形成的知识、信仰、价值、精神、制度和规范等观念文化。它是中国共产党领导中国人民在血与火的革命实践中，吸取中国传统文化和世界文明菁华，锤炼、升华民族精神而成的先进文化。

中国红色文化具有值得弥足珍视的独特价值。

它是独特的政治资源，具有很高的政治价值。一部红色文化史忠实地记载了中国共产党为人民利益而奋斗的历史，雄辩地证明了“没有共产党就没有新中国”、“只有社会主义才能救中国”、“只有共产党才能领导中国”。红色文化蕴涵的先进理念、革命精神和优良传统，是永葆我们党先进性和创造力的精神之源，是引导社会前进的强劲动力，更是提高党的执政能力的有力武器。

它是独特的文化资源，具有很高的文化价值。革命遗址、遗迹、纪念地，革命遗物、文物，革命博物馆、纪念馆、展览馆、烈士陵园，革命精神和革命传统，已形成具有世界意义的红色文化遗产。根据革命记忆创作的小说、电影、戏剧、歌曲、诗文、美术作品是中国现当代文化的一道亮丽的风景，成为中华民族文化宝库的重要组成部分。

它是独特的教育资源，具有很高的教育价值。党在长期的革命和建设实践中，将中华民族的优良道德传统和风尚，化育成自强不息、奋发进取、谦虚谨慎、求真务实、清正廉洁的精神和理论联系实际、密切联系群众、批评与自我批评的作风。充分利用红色文化资源，潜移默化地对人们进行理想、信念、情操教育，进行爱国主义、集体主义教育，将有利于人民群众树立正确的世界观、人生观和价值观，有利于增强社会凝聚力。

它是独特的经济资源，具有很高的经济价值。红色文化中蕴含丰富的经济思想。红色文化资源作为稀缺的精神文化产品具有良好的知名度和品牌效应，以红色文化促旅游发展，将红色文化资源推进市场，有利于把红色文化转变为经济资源，能推动革命老区经济发展。对红色文化资源进行出版、影视、网络、动漫游戏的多媒体深度开发，能产生很好的经济效益。

但是，随着革命硝烟在人们视野中消散，革命话语在人们的耳边远去，红色记忆在人们特别是在年青一代中日渐淡漠，红色文化在新时代并没有挖潜其价值、发挥其强大的“软实力”作用。这需要我们珍重红色文化，强化红色文化的传播意识，扩大红色文化传播力，通过各种文化传播媒介宣传红色文化，通过各种文化创造和社会活动重建人们的红色记忆。

红色文化的传播离不开人际传播和组织传播，但在全球化的时代，更需要充分利用大众媒介这个主渠道。在红色文化的传播上，一是报纸、电视、网络、书刊等主流媒体要足够重视，做到有载体传播；二是要尽力制作出更多的红色文化产品，做到有东西传播；三是红色文化产品要受众愿意接受，做到有效传播。我们要通过精心创造和广泛传播群众喜闻乐见的红色文化产品，通过多种形式的体验活动，重温红色记忆，传扬红色文化。

《红色记忆丛书》讲述中国共产党在革命和建设中的红色故事、红色经典、红色符号、红色歌谣、红色艺术、红色诗文、红色书简，以新颖的视角、别致的体裁、通俗的语言，展示红色文化的丰富内涵、思想精髓和独特价值。作为广东省传播红色文化的一次实际行动，有裨于广大读者特别是青少年了解红色历史、增强红色记忆、传承红色文化精神。该丛书在中国共产党成立90周年之际适时推出，更显其出版意义和价值。

是为序。

2010年5月6日

（作者为中共广东省委常委、宣传部长）

前 言

1921年7月1日，中国共产党成立了。90年来，优秀的中国共产党人在中国革命和建设的伟大进程中，用红色的血、墨色的笔，谱写了可歌可泣、至大而刚的正气之歌，更留下了许多口口相传、纵横捭阖的诗文。这些作品或勉友抒怀，或忧国思民，或借景抒情，或咏物明志，至今读来，仍能深刻地感触到其时其人其诗其文的温度，即便对于当下的共产党员和广大青年朋友，依然具有启发和指导意义。为此，我们精心编选了《红诗一百首》、《红文一百篇》二书。

何谓红诗、红文？简而言之，一切共产党人所写的诗文均在此列，其作品数量极为庞大，因此只能好中选优，优中选精。在这里，我们从已故的党和国家领导人、优秀共产党员、革命烈士、革命文学家的作品中遴选出136首诗、101篇文，以飨读者。

若说编选有何标准？则红色即是标准。红色是一种令人振奋的、昂扬的颜色。红色代表了年轻与激情、理想与信念、执着与追求。因此，在诗文的编选方面，我们更多地选入有关于个人修养、理想追求、坚持信念、为人处世等方面的作品，希望读者诸君通过阅读这些红色经典，增强修养，砥砺学行，淬沥文心政胆，共同追求进步。

在这里略说一下编选情况：

一、《红诗一百首》、《红文一百篇》二书各自收录百余篇诗文，虽名百首百篇，不外状其多，实际并不以确切的100之数为限。

二、二书收录的作品均为已故共产党员及部分革命文学家的作品。

三、二书作品排序以作者的出生年份为序，排名不分先后。

四、限于篇幅，二书所选作品以短小精悍为主，因此长诗（如长篇叙事诗等）、长文（如长论、长篇小说、剧本等）只能割爱。

五、在作品选择上注意体裁的多样性。百余首红诗中既有古体诗，也有词和新体诗等，百余篇红文中则政论、时评、杂文、散文、通讯等。

六、这两种选本是白文本，每篇诗文之后不做赏析、注释及说明等，只在诗文之前附有作者简介。

历来的诗文选本，多有以选见史、以选见全的雄心，好让读者尝一脔而知味，窥一斑而识豹，我们不敢存此奢望，只是希望以此选本作为建党90周年的一份微薄献礼，并冀望读者在此阅读中有所裨益，于愿足矣！

鉴于编者的识见和时间有限，挂一漏万，沧海遗珠，应属难免，其中舛误也或不少，敬请识者多加谅宥，方家不吝指正！

编　者

2011年6月

目　录

目录

目录

目录

【何叔衡】

何叔衡（1876—1935），湖南宁乡人。谱名启璇，学名瞻岵。字玉衡，号琥璜。清末秀才。湖南省立第一师范学校毕业。曾与毛泽东、蔡和森等发起成立新民学会。1921年7月与毛泽东代表长沙共产主义小组到上海出席中国共产党第一次全国代表大会。后回到湖南从事建党工作。1928年赴莫斯科中山大学学习，1930年回国，在上海任共产国际救济总会和全国互济会主要负责人。次年秋到瑞金中央革命根据地工作，历任中央工农民主政府中央执行委员、工农检查部部长、内务部代理部长和临时法庭主席等职。中央红军主力长征后，留在根据地坚持斗争。1935年2月在福建上杭战斗中牺牲。

赠夏明翰同志

神州遍地起风雷，投身革命有作为。
家法纵严难锁志，天高海阔任鸟飞。

【徐特立】

徐特立（1877—1968），湖南善化（今长沙县）人。原名懋恂，字师陶。早年在长沙周南女校任教。曾赴日考察教育。1913年后在湖南第一师范学校任教。五四运动期间，提倡并亲自参加留法勤工俭学。1927年加入中国共产党，同年参加南昌起义。曾任中央工农民主政府教育部副部长、代部长，陕甘宁边区政府教育厅长、中共中央宣传部副部长兼自然科学院院长等职。新中国成立后，曾任中共中央宣传部副部长、政务院文化教育委员会委员、全国人大常委等。主要著作编为《徐特立文集》、《徐特立教育文集》等。

言　志

文夫落魄纵无聊，壮志依然抑九霄。
非同泽柳新稊弱，偶受春风即折腰。

尔我虽年迈

尔我虽年迈，姜桂老愈辛。
仰天射十日，踏海斗长鲸。

【吴玉章】

吴玉章（1878—1966），四川荣县人，原名永珊，号树人。1903年到日本留学 .1905年加入同盟会。1911年回国。武昌起义前夕，领导荣县起义，并建立荣县革命政权。1912年在南京临时政府秘书处工作。1923年组织青年共产党。1925年加入中国共产党。1926年在国民党二大上当选为中央执行委员。1927年参加南昌起义，任革命委员会秘书长。同年10月赴莫斯科学习。1938年回国。1945年12月随周恩来到重庆参加政治协商会议。新中国成立后，任中国人民大学校长等职。当选为中共中央委员。1966年12月12日在北京病逝。著有《辛亥革命》等。

东游述志

不辞艰险出夔门，救国图强一片心。
莫谓东方皆落后，亚洲崛起有黄人。

自励诗

春蚕到死丝方尽，人至期颐亦不休。
一息尚存须努力，留作青年好范畴。

【黄齐生】

黄齐生（1878—1946），贵州安顺人。参加过辛亥革命。1921年与王若飞同志同赴法国勤工俭学，回国后从事教育事业。1945年赴延安。1946年3月代表延安各界赴渝慰问“较场口事件”被殴民主人士。同年4月8日返延安，途中因飞机失事遇难。

百灵鸟

平明跨驴东郊出，极目白杨映朝日。
前呼后拥恰三人，大笑机缘真巧值。
道旁诧见一秃翁，颜色艳艳桃花红。
手擎铁笼腰脚健，见客满脸堆笑容。
翻身下驴攀翁语，翁今此鸟得何处？
其名若何用若何？把此能无妨正务！
翁言此便是百灵，君胡不识而我名！
惯通人性知人意，不信试听三两声。
年年来自张家口，欲得其精须选手。
我今把此已四年，相爱相亲同腻友。
君看羽毛紫带黑，不似寻常尽灰白。
两睛光亮若点漆，身量长不逾半尺。
换毛年年五月期，垂头丧气不闻啼。
直待旧毛脱却尽，欢如婴儿穿新衣。
天气愈寒声愈劲，恍如深夜闻清磬。
翻过春来更精神，枝头昂首相呼应。

洁身岂为肉食鄙，日日清供惟小米。
拌以卵黄亦无多，气饱力足歌声起。
我闻翁言良自得，却对百灵长叹息。
笼中虽好岂其家？纵会高飞空扑壁。
不自由兮毋宁死，人与物兮同一理。
鱼脱钩兮虎脱柙，世间快事畴能比？
别翁上驴回顾意茫茫，
百灵百灵尔堪怜。
愿得世界铁笼齐毁尽，
乐园处处鸟关关。

【陈独秀】

陈独秀（1879—1942），安徽怀宁（今安庆）人。原名乾生，字仲甫，号实庵。曾留学日本。1915年9月创办《青年》杂志（后改名《新青年》），是新文化运动的主要倡导者。1917年任北京大学文科学长。1918年与李大钊等创办《每周评论》。1919年参加领导五四运动。1920年发起组织上海共产主义小组和筹备成立中国共产党，并指导成立中国社会主义青年团。1921年在中国共产党第一次全国代表大会上被选为中央局书记，此后又被选为中共第二、三届中央执行委员会委员长，第四、五届中央委员会总书记。1927年八七会议后被撤销总书记职务。后被开除出党。1932年在上海被国民党政府逮捕。抗战爆发后出狱。主要著作编为《独秀文存》、《陈独秀文章选编》。

书赠同乡胡子穆诗

嫩秧被地如苗绿，落日衔天似火红。
闲倚柴门贪晚眺，不觉辛苦乱离中。

寄杨明升成都

连朝江上风吹雨，几水城东一夜秋。
烽火故人千里外，敢将诗句写闲愁。

寄沈尹默绝句其四

论诗气韵推天宝，无那心情属晚唐。
百艺穷通偕世变，非因才力薄苏黄。

【谢觉哉】

谢觉哉（1884—1971），湖南宁乡人。又名焕南。1921年参加新民学会。1925年加入中国共产党。1928年春到上海负责编辑《红旗报》和《上海报》。1931年秋到湘鄂西革命根据地，先后任中共湘鄂省委政治秘书长、《工农日报》主编、省委党校教务长。1933年到中央革命根据地，任毛泽东秘书、中央工农民主政府秘书长、内务部部长。1934年参加长征。1939年后，任中共中央党校副校长、西北局副书记、陕甘宁边区政府秘书长等。新中国成立后，曾任内务部部长、最高人民法院院长、全国政协副主席等。

黄庙古柏

五千年庙几兴废，老柏数十常青葱。
蟠根怒出鼍负重，孙枝旁挺虬拏空。
无碑为柏记年岁，开天劈地洪荒洪。
武皇逐虏三千里，解甲挂树来献功。
此树至今五千载，以视巨者孙从翁。
中州神物此为最，鲁楷秦栎俱下风。
神灵呵护犹余愤，中霄风雨吟群龙。

在解放军总医院透视戏占其二

行经万里身犹健，历尽千艰胆未寒。
可有尘瑕须拂拭，敞开心肺给人看。

【朱 德】

朱德（1886—1976），四川仪陇人。原名代珍，字玉阶。中国人民解放军创始人之一。早年加入同盟会，并参加辛亥革命。1922年加入中国共产党。1927年参加领导八一南昌起义。1928年率领起义军上井冈山，同毛泽东领导的部队会师。1934年参加长征。抗日战争爆发后，任八路军总司令。解放战争时期任中国人民解放军总司令、中央军委副主席。新中国成立后，任中共中央副主席、中央人民政府副主席等职，是中国共产党、中华人民共和国和中国人民解放军的主要领导人之一。1955年被授予中华人民共和国元帅军衔。主要著作编为《朱德选集》等。

太行春感

远望春光镇日阴，太行高耸气森森。
忠肝不洒中原泪，壮志坚持北伐心。
百战新师惊贼胆，三年苦斗献吾身。
从来燕赵多豪杰，驱逐倭儿共一樽。

出太行

一九四〇年五月，经洛阳去重庆谈判，中途返延安。是时抗战紧急，内战又起，国人皆忧。

群峰壁立太行头，天险黄河一望收。
两岸烽烟红似火，此行当可慰同仇。

赠友人

北华收复赖群雄，猛士如云唱大风。
自信挥戈能退日，河山依旧战旗红。

【董必武】

董必武（1886—1975），湖北黄安（今红安）人。名贤琮，字洁畲，号壁伍，学名用威。1911年加入中国同盟会，同年参加辛亥革命。五四时期开始接受马克思主义。1920年与陈潭秋等在武汉建立共产主义小组，成为中国共产党最早的党员之一。1921年到上海出席中国共产党第一次全国代表大会。后回武汉建立和发展湖北省的中共党组织。1928年赴莫斯科学习，回国后在江西中央革命根据地任中共中央党校校长、中央党务委员会书记、最高法院院长等职。1934年参加长征。到陕北后，任陕甘宁边区政府代理主席。1945年曾代表中国解放区参加联合国制宪会议。新中国成立后，曾任中央财经委员会主任、政务院副总理、最高人民法院院长、全国政协副主席、中华人民共和国副主席和代理主席等。主要著作编为《董必武选集》。

病中见窗外竹感赋

竹叶青青不肯黄，枝条楚楚耐严霜。
昭苏万物春风里，更有笋尖出土忙。

题赠《中学生》

送水行舟用力撑，一篙松劲退千寻；
古云此日足可惜，吾辈更应惜秒阴。

【林伯渠】

林伯渠（1886—1960），湖南临澧人。名祖涵，字邃园。早年加入同盟会，长期追随孙中山从事革命活动。1921年加入中国共产党。1927年参加南昌起义。曾赴苏学习，回国后1933年到中央革命根据地，任中央工农民主政府国民经济部部长、财政部部长。1934年参加长征。1937年任陕甘宁边区政府主席。后曾以中国共产党代表身份参加国民参政会，从事统一战线工作。新中国成立后，曾任中央人民政府秘书长、全国人大常委会副委员长等职务。著有《林伯渠日记》等。

游爱晚亭

到处霜林压酒痕，十分景色赛天孙。
千山遍洒杜鹃血，一缕难招帝子魂。
欲把神州回锦绣，频将泪雨洗乾坤。
兰成亦有关河感，愁看江南老树村。

路过永州游西岩作

洞泉泠泠似清磬，危倚石栏恰可听。
一滴终须归大海，几人到此悟平生。

【李大钊】

李大钊（1889—1927），河北乐亭县人。原名耆年，字寿昌，号龟年，后改字守常。早年赴日留学，1916年回国。1918年参加《新青年》编辑工作，与陈独秀等创办《每周评论》，曾先后发表《庶民的胜利》、《布尔什维主义的胜利》、《我的马克思主义观》等文章。1920年3月领导组织马克思学说研究会，同年10月组建北京共产主义小组。1924年6月率中国共产党代表团到莫斯科参加共产国际第五次代表大会。1925年任中共北方区委书记。1926年领导三一八请愿示威活动。1927年4月6日在苏联大使馆旧俄兵营内被军阀张作霖逮捕，28日在北京京师看守所被秘密绞杀。遗著编为《李大钊选集》、《李大钊文集》。

送别幼蘅

丙辰春，再至江户。幼蘅将返国，同人招至神田酒家小饮，风雨一楼，互有酬答。辞间均见“风雨楼”三字，相约再造神州后，筑高楼以作纪念，应名为神州风雨楼，遂本此意，口占一绝，并送幼蘅云。

壮别天涯未许愁，尽将离恨付东流。
何当痛饮黄龙府，高筑神州风雨楼。

咏玉泉

玉泉流贯颐和园墙根，潺潺有声，闻通三海。禁城等水，皆溯流于此。

殿阁嵯峨接帝京，阿房当日苦经营。
只今犹听宫墙水，耗尽民膏是此声。

登楼杂感二首其一

感慨韶华似水流，湖山对我不胜愁。
惊闻北塞驰胡马，空著南冠泣楚囚。
家国十年多隐恨，英雄千载几荒丘。
海天寥阔闲云去，泪洒西风独倚楼。

山中即景其二

云在青山外，人在白云内；
云飞人自还，尚有青山在！

【李主一】

李主一（1892—1928），江苏奉贤（今属上海市）人。大革命时期加入中国共产党。大革命失败后，与转移到奉贤的中共地下党员一起创办曙光中学，使之成为党在浦东的重要据点。1927年秋任中共奉贤县委委员。1928年3月被捕，被关押在龙华松沪警备司令部，6月在龙华就义。

夹竹桃

君子品，美人妆，体态风流晚节刚。
不与凡花争俗艳，芳姿个个倚幽篁。

【郭沫若】

郭沫若（1892—1978），四川乐山人。原名开贞，字鼎堂，号尚武。早年赴日留学，1921年出版诗集《女神》，并与郁达夫等组织创造社。1924年后逐渐接受马克思主义，并倡导革命文学。1927年参加南昌起义，后在南下途中加入中国共产党。1928年受通缉旅居日本，从事中国古代史和甲骨文、金文的研究。抗战爆发后回国，从事抗战工作，先后任《救亡日报》社社长、中华全国文艺界抗敌协会理事等职，其间创作了《屈原》、《虎符》等历史剧和诗文。抗战胜利后在重庆、南京、上海等地从事民主活动。新中国成立后，曾任中央人民政府委员、政务院副总理兼文化教育委员会主任、中国科学院院长兼哲学社会科学部主任、全国人大常委会副委员长等职。著有《青铜时代》、《奴隶制时代》等，有《沫若文集》、《郭沫若全集》行世。

七律·归国杂吟其一

又当投笔请缨时，别妇抛雏断藕丝。
去国十年余泪血，登舟三宿见旌旗。
欣将残骨埋诸夏，哭吐精诚赋此诗。
四万万人齐蹈厉，同心同德一戎衣。

炉中煤

——眷念祖国的情绪

啊，我年青的女郎！
我不辜负你的殷情，
你也不要辜负了我的思量。
我为心爱的人儿，

燃到了这般模样！

啊，我年青的女郎，
你该知道了我的前身？
你该不嫌我黑奴卤莽？
要我这黑奴的胸中，
才有火一样的心肠。

啊，我年青的女郎！
我想我的前身，
原本是有用的栋梁。
我活埋在地底多年，
到今朝总得重见天光。

啊，我年青的女郎！
我自从重见天光，
我常常思念我的故乡，
我为我心爱的人儿，
燃到了这般模样！

1920年1—2月间作

天上的街市

远远的街灯明了，
好像闪着无数的明星。
天上的明星现了，
好像点着无数的街灯。

我想那缥缈的空中，
定然有美丽的街市。
街市上陈列的一些物品，
定然是世上没有的珍奇。

你看，那浅浅的天河，
定然是不甚宽广。
那隔河的牛郎织女，
定能够骑着牛儿来往。

我想他们此刻，
定然在天街闲游。
不信，请看那朵流星，
那怕是他们提着灯笼在走。

【熊　雄】

熊雄（1892—1927），江西宜丰人。原名祖福，字罴士、披素。早年参加辛亥革命，曾加入中华革命党。1919年赴法勤工俭学。1922年转入德国学习，在柏林加入德国共产党。同年参加筹组旅欧中国少年共产党和中国旅欧总支部，并转入中国共产党。1923年3月到莫斯科东方大学学习。1925年回国，任黄埔军校政治总教官、东征军总政治部秘书长。1926年任黄埔军校政治部副主任，主持军校政治部工作，同时任中共广东区委军委委员。1927年初任黄埔军校政治部主任、重攻广东区委军事部长。后在广州四一五政变中被捕，同年5月被秘密杀害。

登巴黎铁塔

九年秋游巴黎铁塔，高三百米达，登之有雄视天下，枕东望沉沉，用伤故国，爰口占一绝云：

登高东望一咨嗟，长剑倚天信手拿。
北海鲸鲵终就戮，南圻逐鹿竟谁家？

【毛泽东】

毛泽东（1893—1976），湖南湘潭人。字润之（原作咏芝，后改润芝）。1921年7月出席中国共产党第一次全国代表大会。1926年主持广州农民运动讲习所。1927年8月，领导湘赣边界秋收起义，在井冈山创立了农村革命根据地。1930—1933年，领导红军连续粉碎了国民党反动派的四次军事“围剿”。1935年遵义会议后，确立了在党中央的领导地位，率领红军完成长征。此后又领导抗日战争和第三次国内革命战争，取得了伟大胜利。新中国成立后在推动社会主义事业的发展上，建立了不可磨灭的功勋。是中国共产党、中国人民解放军和中华人民共和国的主要缔造者和领袖，毛泽东思想的主要创立者。主要著作编为《毛泽东选集》等。

七律·长征

红军不怕远征难，万水千山只等闲。
五岭逶迤腾细浪，乌蒙磅礴走泥丸。
金沙水拍云崖暖，大渡桥横铁索寒。
更喜岷山千里雪，三军过后尽开颜。

七律·人民解放军占领南京

钟山风雨起苍黄，百万雄师过大江。
虎踞龙盘今胜昔，天翻地覆慨而慷。
宜将剩勇追穷寇，不可沽名学霸王。
天若有情天亦老，人间正道是沧桑。

七绝·为李进同志题所摄庐山仙人洞照

暮色苍茫看劲松，乱云飞渡仍从容。
天生一个仙人洞，无限风光在险峰。

清平乐·会昌

东方欲晓，莫道君行早。
踏遍青山人未老，风景这边独好。

会昌城外高峰，颠连直接东溟。
战士指看南粤，更加郁郁葱葱。

忆秦娥·娄山关

西风烈，长空雁叫霜晨月。
霜晨月，马蹄声碎，喇叭声咽。

雄关漫道真如铁，而今迈步从头越。
从头越，苍山如海，残阳如血。

沁园春·雪

北国风光，千里冰封，万里雪飘。
望长城内外，惟余莽莽；

大河上下，顿失滔滔。
山舞银蛇，原驰蜡象，欲与天公试比高。
须晴日，看红妆素裹，分外妖娆。

江山如此多娇，引无数英雄竞折腰。
惜秦皇汉武，略输文采；
唐宗宋祖，稍逊风骚。
一代天骄，成吉思汗，只识弯弓射大雕。
俱往矣，数风流人物，还看今朝。

水调歌头·游泳

才饮长沙水，又食武昌鱼。
万里长江横渡，极目楚天舒。
不管风吹浪打，胜似闲庭信步，
今日得宽馀。
子在川上曰，逝者如斯夫。

风樯动，龟蛇静，起宏图。
一桥飞架南北，天堑变通途。
更立西江石壁，截断巫山云雨，
高峡出平湖。
神女应无恙，当惊世界殊。

水调歌头·重上井冈山

久有凌云志，重上井冈山。
千里来寻故地，旧貌变新颜。
到处莺歌燕舞，更有潺潺流水，
高路入云端。
过了黄洋界，险处不须看。

风雷动，旌旗奋，是人寰。
三十八年过去，弹指一挥间。
可上九天揽月，可下五洋捉鳖，
谈笑凯歌还。
世上无难事，只要肯登攀。

【续范亭】

续范亭（1893—1947），山西省崞县（今原平市）人，早年参加同盟会。后在国民党任职，曾经隐退一段时间，后与共产党人合作创建山西新军。1936年西安事变以后，响应中国共产党的号召，回山西推动抗日救亡运动。曾任山西新军总指挥、晋绥边区行署主任、晋绥军区副司令员、中国人民解放区人民代表会议筹委会副主任委员。1947年病逝于山西临县，遗书请求加入中国共产党，经中共中央批准追认为正式党员。主要著作编为《续范亭诗文集》。

绝命诗

赤膊条条任去留，丈夫于世何所求？
窃恐民气摧残尽，愿把身躯易自由。

哭　陵

谒陵我心悲，哭陵我无泪，
瞻拜总理陵，寸寸肝肠碎。
战死无将军，可耻此为最，
腼颜事仇敌，瓦全安足贵？

【萧楚女】

萧楚女（1893—1927），湖北汉阳人。早年参加辛亥革命。1922年加入中国共产党。同年去四川从事革命活动，主编《新蜀报》。1924年初回湖北省开展学生爱国运动。同年再去四川省开展革命工作。1925年去上海，与恽代英共同主编《中国青年》。1926年在广州协助毛泽东编辑《政治周报》，并担任广州农民运动讲习所教员，后任黄埔军校政治教官。1927年在广州“四一二”政变被捕，不久就义。

寄孙问梅兼示泥清仲宣

北风吹寒雨，夹势如飞镝。
飘然天涯来，萧飒满园湿。
广陌叶声繁，穷巷泥涂积。
卷帘望秋色，洒扫无遗迹。
幽人悲岁暮，念此百感集。
初与君别时，何言日月疾。
天时不我与，人事犹如昔。
历历西窗下，熠熠秋灯侧。
檐花落细雨，秋声绕虚室。
载饮我浊酒，载豁我胸膈。
赋诗准曹刘，谈话拟卫霍。
少年俊迈气，壮志未肯息。
及今蓬发改，三十不能立。
酒醒中夜起，抚剑涕横臆。

相知遍海内，此怀何由说。
病叶先衰殒，枯鱼过河泣。
凄悯筌筷引，饱蠹不忍读。
落落肝胆交，维君崇令德。
相视何所赠，炯然此莫逆。
秋花含红泪，淋漓频首滴。
狼藉庭阶前，慰君他乡忆。

【熊亨瀚】

熊亨瀚（1894—1928），湖南桃江县人，早年参加辛亥革命。1926年加入中国共产党。大革命时期曾担任国民党湖南省党部执行委员会常委兼青年部长、《湖南通俗日报》馆长，是湖南反帝大同盟、湖南省雪耻会、湖南人民反英讨吴委员会等革命群众组织的负责人之一。1928年11月在武汉被捕，旋即遇害。有数十首革命诗篇，大部分已编入《革命烈士诗抄》。

客中过上元节

大地春如海，男儿国是家。
龙灯花鼓夜，长剑走天涯。

途　中

昨夜洞庭月，今宵汉口风。
明朝何处去？豪唱大江东！

【恽代英】

恽代英（1895—1931），原籍江苏武进，生于湖北武昌。字子毅。1920年参与创办利群书社，1921年加入中国共产党。曾任共青团中央执行委员兼宣传部部长和《中国青年》主编。曾任黄埔军校政治部主任教官。大革命失败后，参与领导南昌起义和广州起义。1928年后到上海，任中共中央宣传部、组织部秘书长。在中共六届二中全会上，被补选为中央委员。1929年后，任中共沪中区、沪东区行委书记。1930年被捕。1931年被国民党当局杀害于南京监狱。

狱中诗

浪迹江湖忆旧游，故人生死各千秋，
已摈忧患寻常事，留得豪情作楚囚。

【蔡和森】

蔡和森（1895—1931），湖南湘乡人。原复姓蔡林，名和仙，字润寰，号泽膺，学名彬。1918年同毛泽东等组织新民学会。1919年赴法勤工俭学。1921年底在上海加入中国共产党。次年任中共中央机关报《向导》周报主编。1925年参加领导五卅运动。同年去苏联任中共驻共产国际代表团团长。回国后任中共中央宣传部部长。八七会议后，任中共中央北方局书记。曾为中共第二、三、四、五、六届中央委员，第五、六届中央政治局委员。1930年回国参加中共中央领导工作。1931年任中共中央代表，主持广东省委工作。同年6月因叛徒出卖被捕，不久遇害。

少年行

大陆龙蛇起，乾坤一少年。
乡国骚扰尽，风雨送征船。
世乱吾自治，为学志转坚。
从师万里外，访友入文渊。
匡复有吾在，与人撑巨艰。
忠诚印寸心，浩然充两间。
虽无鲁阳戈，庶几挽狂澜。
凭舟衡国变，意志鼓黎元。
潭州蔚人望，洞庭证源泉。

【吉鸿昌】

吉鸿昌（1895—1934），河南扶沟人。字世五。抗日民族英雄。曾在冯玉祥部队中任师长、军长。1932年加入中国共产党。1933年5月联合冯玉祥、方振武等在张家口组成察绥民众抗日同盟军，任同盟军第二军军长兼北路前敌总指挥等职，进行抗战。失败后在北平、天津从事抗日活动。1934年11月在天津被捕，不久就义。

就义诗

恨不抗日死，留作今日羞。
国破尚如此，我何惜此头。

【刘伯坚】

刘伯坚（1895—1935），四川平昌人。1919年在法国、比利时勤工俭学。1921年参与发起组织少年共产党。1922年加入中国共产党。同年底赴莫斯科东方大学学习。1926年回国后，在冯玉祥部任总政治部主任。次年又去苏联军政大学、伏龙芝军事学院学习。1930年回国到中央革命根据地工作，任中央军委秘书长。1931年底在参与发动宁都起义后，任红五军团政治部主任。中央红军长征后任赣南军区政治部主任。1935年3月率部队突围时被捕入狱，不久遇害。

狱中月夜

空负梅关团圆月，囚门深锁窥不得。
夜半皎皎上东墙，反影铁窗皆虚白。

【茅　盾】

茅盾（1896—1981），浙江桐乡人。原名德鸿，字雁冰。1920年任《小说月报》主编，并参加发起文学研究会。同年参加上海共产主义小组，成为中国共产党最早的党员之一。1921年中国共产党成立后任中共中央联络员。1925年应毛泽东之邀，任国民党中央宣传部秘书、《政治周报》副总编辑。大革命失败后从事文学创作，成为职业作家。1928年赴日本后，脱离中国共产党。回国后参加左联工作。1948年到东北解放区。新中国成立后曾任文化部部长、全国政协副主席，长期担任中国文联副主席、中国作家协会主席。1981年恢复党籍。著有《蚀》、《虹》、《子夜》等大量文学作品及论著，并有《茅盾文集》、《茅盾全集》行世。

题白杨图

北方有佳树，挺立如长矛。
叶叶皆团结，枝枝争上游。
羞与楠枋伍，甘居榆枣俦。
丹青标风骨，愿与子同仇！

【高君宇】

高君宇（1896—1925），山西静乐人。名尚德，字锡三。五四运动时为北京大学学生会负责人之一。1920年与邓中夏等组织马克思学说研究会。同年10月加入北京共产主义小组，成为中国共产党早期党员之一。同年任北京社会主义青年团书记。1921年到山西筹建社会主义青年团组织。1922年赴莫斯科出席远东各国共产党及民族革命团体第一次代表大会。回国后任中共中央机关报《向导》周报和中共北方区委机关刊物《政治生活》编辑。曾为中国共产党第二届中央委员等。同年7月到广州任孙中山秘书。1925年随孙中山北上，同年3月在北京病逝。

言　志

我是宝剑，我是火花，
我愿生如闪电之耀亮，
我愿死如彗星之迅忽。

【彭　湃】

彭湃（1896—1929），广东海丰人。原名汉育。1921年毕业于日本早稻田大学。同年回国后加入中国社会主义青年团。1923年创建我国第一个县农会——海丰县总农会，任会长。1924年加入中国共产党，同年7月创办广州农民运动讲习所，任第一届主任。1927年参加南昌起义，后随军南下，任东江工农革命军总指挥，参与领导和组织海陆丰武装起义，领导创建海陆丰苏维埃政权。1928年11月奉调上海，曾任中共中央农委书记，中央军委委员兼江苏省委常委、军委书记，中共中央委员，中央政治局候补委员等。1929年因叛徒出卖被捕，不久在上海龙华被害。主要著作编为《彭湃文集》。

田仔骂田公

冬冬冬！田仔骂田公：
田仔做到死，田公吃白米。
冬冬冬！田仔打田公。
田公唔知死，田仔团结起。
团结起来干革命，革命起来分田地。
你分田，我分地；
有田有地真欢喜，免食番薯食白米。
冬冬冬！田仔打田公。
田公四散走，拿包斗，
包斗大大个，割谷免用还。

歌一首

山歌一唱闹嚷嚷，农民兄弟真凄凉！
早晨食碗番薯粥，夜晚食碗番薯汤。
半饥半饱饿断肠，住间厝仔无有梁。
搭起两间草寮屋，七穿八漏透月光。

【叶　挺】

叶挺（1896—1946），广东惠阳人。原名为询，字希夷。曾加入中国国民党，1924年赴苏学习。1925年加入中国共产党。同年回国任国民革命军第四军独立团团长。1927年先后参加领导南昌起义和广州起义。失败后流亡国外。抗战时任新四军军长。1941年皖南事变中被国民党政府军扣押。1946年3月获释并重新加入中国共产党。同年4月自重庆赴延安途中，因飞机失事遇难。

囚　歌

为人进出的门紧锁着，
为狗爬出的洞敞开着，
一个声音高叫着：
——爬出来吧，给你自由！
我渴望自由，
但我深深地知道
——人的身躯怎能从狗洞子里爬出！
我希望有一天，
地下的烈火，将我连这活棺材一齐烧掉，
我应该在烈火与热血中得到永生！

凭崖立马君试看

雾里旌旗云里山，凭崖立马君试看。
层峰直上三千丈，出峡蛟龙瞬息还。

【杨匏安】

杨匏安（1896—1931），广东香山（今中山）人。早年赴日留学，1919年后开始系统介绍西方美学、哲学和社会主义学说，并积极宣传马克思主义。1921年初夏加入广州共产主义小组。后在广东从事工人运动。1927年在中国共产党第五次全国代表大会上当选为中央监察委员。大革命失败后，被派往南洋开展革命工作，1929年返沪。1931年春被国民党政府逮捕，同年夏在上海龙华被杀害。

狱中诗

慷慨登车去，临难节独全。
余生无足恋，大敌正当前。
投止穷张俭，迟行笑褚渊。
者番成永别，相视莫潸然。

【蔡鸿猷】

蔡鸿猷（1897—1928），浙江缙云人。乳名德宣，字辉甫，号哲臣，1919年从军，在浙江陆军中服务。1922年加入中国共产党。曾入浙江陆军无线电话教导队第一期学习。1924年8月，受组织选派从上海大学考入中国国民党黄埔陆军军官学校第二期步兵科学习。1928年10月6日，就义于广州郊外。1951年中央内务部追认为革命烈士。

七 律

违别双亲七八春，断梗浮萍苦飘零。
天涯寄迹音书绝，患难偏增骨肉情。
珠海悲歌声惨切，白云呜咽雁不鸣。
昔日青山今何在，望断秋风五羊城。

【邓中夏】

邓中夏（1894—1933），湖南宜章人。字仲澥，又名邓康。1917年入北京大学国文门学习，1919年投身五四运动。1920年3月，发起成立北京大学马克思学说研究会。同年10月加入北京共产主义小组。1922年8月当选为第二届社会主义青年团中央执行委员会委员；任临时中央局委员长，中央局委员、组织部主任等职。后来从事工人运动。1927年参加中共中央八七会议，被选为临时中央政治局候补委员。1933年5月被捕，同年9月就义于在南京雨花台。

过洞庭

（一）

莽莽洞庭湖，五日两飞渡。
雪浪拍长空，阴森疑鬼怒。
问今为何世？豺虎满道路。
禽狝歼除之，我行适我素。

（二）

莽莽洞庭湖，五日两飞渡。
秋水含落晖，彩霞如赤炷。
问将为何世？共产均贫富。
惨淡经营之，我行适我素。

【叶剑英】

叶剑英（1897—1986），广东梅县人。原名宜伟，字沧白。1927年加入中国共产党，同年底领导广州起义。1928年赴苏学习，回国后任中央军委参谋长、红一方面军参谋长等职。1934年参加长征。曾协助周恩来和平解决西安事变以及抗战胜利后与国民党的谈判。新中国成立后，曾任中共中央华南局第一书记、华南军区司令员、中共中央书记处书记、国防部长、全国人大常委会委员长、中央军委副主席、中央政治局常委等。在粉碎江青反革命集团的斗争中起了决定性作用。

看方志敏同志手书有感

血染东南半壁红，忍将奇罪作奇功。
文山去后南朝月，又照秦淮一叶枫。

八十书怀

八十毋劳论废兴，长征接力有来人。
导师创业垂千古，侪辈跟随愧望尘。
亿万愚公齐破立，五洲权霸共沉沦。
老夫喜作黄昏颂，满目青山夕照明。

题画竹

彩笔凌云画益思，虚心劲节是吾师。
人生贵有胸中竹，经得艰难考验时。

【周恩来】

周恩来（1898—1976），原籍浙江绍兴，生于江苏淮安。字翔宇，曾用名飞飞、伍豪等。早年曾赴日求学、赴法勤工俭学。1921年参加共产主义小组。1922年发起组织旅欧中国少年共产党。回国后，任黄埔军校政治部主任等职。曾同贺龙、叶挺、朱德等一起领导南昌起义。1931年12月进入中央革命根据地，1933年春和朱德一起领导和指挥红军取得第四次反“围剿”的胜利，1934年参加领导中国红军长征。1935年在遵义会议上支持毛泽东的正确主张，并继续被选为中央主要军事领导之一。西安事变后任中共全权代表赴西安谈判，促使团结抗日局面在中国出现。抗战时期，代表中共长期在国统区做统一战线工作。抗战胜利后，率中共代表团同国民党谈判。1946年返回延安，作为中央军委副主席兼代总参谋长，协助毛泽东组织和指挥解放战争。新中国成立后，一直任政府总理，并一度兼任外交部部长。长期担负着处理党和国家的繁重任务，和毛泽东等人一起为制定建设社会主义的方针、政策进行了巨大的组织工作。主要著作编入《周恩来选集》、《周恩来统一战线文选》等。

大江歌罢掉头东

大江歌罢掉头东，邃密群科济世穷；
面壁十年图破壁，难酬蹈海亦英雄。

送蓬仙兄返里有感

相逢萍水亦前缘，负笈津门岂偶然。
扪虱倾谈惊四座，持螯下酒话当年。
险夷不变应尝胆，道义争担敢息肩。
待得归农功满日，他年预卜买邻钱。

为江南死国难者志哀

千古奇冤，江南一叶。
同室操戈，相煎何急？！

【林育南】

林育南（1898—1931），湖北黄冈人。又名毓兰，号湘浦。1917年参加恽代英组织的互助社。1921年加入中国共产党。曾任中国劳动组合书记部武汉分部主任、湖北全省工团联合会秘书主任。1923年参加领导二七大罢工。1924年任《中国青年》主编、青年团中央书记。后又从事工人运动。曾与刘少奇等领导收回汉口英租界的斗争。1927年4月在中国共产党第五次全国代表大会上当选为候补中央委员。大革命失败后，任中共湖北省委常委兼宣传部长、代理省委书记。不久到上海参加领导全国工人运动。1930年任全国苏维埃中央准备委员会秘书长。1931年被捕，后就义于龙华。

龟蛇吟

龟蛇古灵物，向如俗所称。
龟灼卜先知，蛇起兆战争。
我来江汉浒，数载与君邻。
朝上抱冰堂，暮宿紫阳亭。
邦国亦委瘁，贫困辱苍生。
哀鸿满泽国，郑侠实怆神。
视天若梦梦，龟蛇何昏沉。
谁知超群力，于今竟无闻。
念兹将去汝，适彼海之垠。

【田　汉】

田汉（1898—1968），湖南长沙人。字寿昌，笔名陈瑜等。早年赴日留学，1921年回国与郭沫若等发起成立创造社。后与欧阳予倩等创办南国剧社、南国艺术学院、南国电影剧社，从事文艺创作和演出。1930年参加“左联”。1932年加入中国共产党。曾任左翼剧联中共党团书记、中共上海中央局文委委员。抗战期间任国民政府军委会政治部第三厅八处处长，组织抗日宣传活动。1948年到解放区。新中国成立后任文化部艺术事业管理局局长、中国戏剧家协会主席等职。创作话剧、歌剧、戏曲、电影剧本100余部，并写有大量诗歌和歌词，其中经聂耳谱曲的《义勇军进行曲》被定为《中华人民共和国国歌》。主要著作编为《田汉剧作选》、《田汉文集》等。

上海南市狱中

平生一掬忧时泪，此日从容作楚囚。
安用螺纹留十指，早将鸿爪付千秋。
娇儿且喜通书字，剧盗何妨共枕头。
目断风云天际恶，手挟铁柱使人愁。

【王烬美】

王烬美(1898—1925)，山东莒县（今属诸城）人。原名瑞俊，又名尽美，字灼斋。1920年9月与邓恩铭等在济南成立马克思学说研究会，后又组织济南共产主义小组。1921年7月与邓恩铭一起代表济南小组出席中国共产党一大。1922年出席远东各国共产党及民族革命团体第一次代表大会。同年6月回国后，任中国劳动组合书记部济南分部主任、北方分部副主任，参与制订《中国劳动法大纲》。1923年回山东任中共山东省委书记。1924年1月到广州参加国民党一大。会后回山东从事统一战线工作，曾被孙中山委任为特派员。1925年8月在青岛病逝。

无情最是东流水

无情最是东流水，日夜滔滔去不停。
半是劳动血与泪，几人从此看分明。

【瞿秋白】

瞿秋白（1899—1935），江苏武进人。原名懋淼、爽、霜等，原号雄魄，后改号秋白。1919年在北京参加五四运动，并与郑振铎等组织社会实进社，创办《新社会》杂志。1920年参加李大钊等发起组织的马克思学说研究会。同年底赴苏访问，1922年在莫斯科加入中国共产党。1923年回国后，负责编辑《新青年》、《向导》、《前锋》等刊物。同年六月参加中共三大，主持起草党纲。中共五大后，被补选为中央政治局常委。同年主持召开八七会议，纠正和结束陈独秀右倾机会主义错误。会后任中共临时中央局负责人。1931年受王明等的打击，被排斥出中央领导机关。此后在上海与鲁迅等一起领导左翼革命文艺运动。1934年进入瑞金中央苏区。中央红军长征后，留在中央苏区。1935年2月被捕，同年6月18日在福建长汀就义。著述编有《瞿秋白文集》、《瞿秋白选集》等。

江南第一燕

万郊怒绿斗寒潮，检点新泥筑旧巢。
我是江南第一燕，为衔春色上云梢。

咏　菊

今岁花开盛，宜栽白玉盆。
只缘秋色澹，无处觅霜痕。

飞来峰和冷泉亭

飞来峰下坐听瀑泉，——
我恨不能再乘风飞去。

且来此冷泉石上，
做个中流的砥柱。

只听你湍流奔泻，
急节繁响怒号千古。
始终听不出个：
“你为什么飞来，
为什么又飞不去？”

难道虚名儿叫冷，
出山心却热！——
怪不得这样咆哮奔放，如泄积怒；
毕竟也枉称飞来，原来是力求飞去。

浪淘沙·突围行军纪事

料峭春寒溶，强敌跟踪，
夜行山谷月朦胧。
林密坑深惊敌胆，莫辨西东。

血染遍地红，士气豪雄，
餐风饮露志如虹。
倦卧茅丛石作枕，若醉春风。

【宣侠父】

宣侠父（1899—1938），浙江诸暨人。1924年在黄埔军校第一期肄业。曾任察绥民众抗日同盟军第二军师长、八路军总部高级参谋。1938年8月在西安遇害。

诗三首其三

人民渐自梦中回，革命呼声惊似雷。
同志如今须记取，自由要用血争来。

【方志敏】

方志敏（1899—1935），江西弋阳人。原名远镇，曾用名云母文等。1922年加入中国社会主义青年团。1924年加入中国共产党。1927年底，领导弋横农民暴动，创建了赣东北革命根据地和工农红军第十军。历任闽浙赣省苏维埃政府主席、中共闽浙赣省委书记、中华苏维埃共和国中央执行委员会委员，中共六届五中全会上当选为中央委员。1934年任红军北上抗日先遣队军政委员会书记。1935年1月，因叛徒告密被俘。同年8月6日在南昌就义。著述编有《方志敏文集》。

诗一首

雪压竹头低，低下欲沾泥。
一朝红日起，依旧与天齐。

【袁玉冰】

袁玉冰（1899—1927），江西兴国人。1922年秋加入中国社会主义青年团。同年加入中国共产党。1924年春去莫斯科东方大学学习。1925年回国，任团上海地委书记。1926年任共青团江西省委书记。1927年12月27日在南昌就义。

勖　弟

人生难得是青春，要学汤铭日日新。
但嘱加鞭须趁早，莫抛岁月负双亲。

【夏明翰】

夏明翰（1900—1928），原籍湖南衡阳，生于湖北秭归。字桂根。1928年农历二月二十九日，在汉口余记里惨遭国民党反动派杀害，时年28岁。

就义诗

砍头不要紧，只要主义真。
杀了夏明翰，还有后来人。

【聂永晖】

聂永晖（1901—1934），湖南浏阳人。化名辛若。1926年加入中国共产党，同年出席湖南全省农民代表大会。1927年任中共浏阳县委宣传部长，1929年在鄿鄂赣苏区领导文化工作，1934年任宜（丰）（鼓）万（载）中心县委书记。同年被捕牺牲。

题　扇

大翼卷云天作浪，余威激水月生波。
岂甘自好为风舞，怕听人间叫热何。

【蓝飞鹤】

蓝飞鹤（1901—1930），福建惠安人。原名蓝福来。畲族。1929年初加入中国共产党，历任中共泉州特委组织部长、工农红军福建独立一师二团团长等职。1930年9月参与组织领导“惠安暴动”，率部攻击屿头山，配合掩护红一团的行动。暴动失利后，在转移途中被捕。9月26日，在惠安县城东门外马山就义。

绝命诗

横胸铁血扫难开，浩劫摧磨志不灰。
遍地铜驼荆棘变，游魂应逐战旗来。

【蒋光慈】

蒋光慈（1901—1931），安徽六安人。原名侠僧，笔名光赤。“五四”时期参加芜湖地区学生运动。1921年赴苏联莫斯科东方大学学习。次年加入中国共产党，回国后从事文学活动，曾任上海大学教授。1927年与阿英、孟超等人组织“太阳社”，宣传革命文学。著有诗集《新梦》、《哀中国》，小说《少年漂泊者》、《野祭》、《冲出云围的月亮》等。

步李宗邺诗原韵奉答

阳春未到必经秋，天道循环有自由。
冲出云围还是月，共君携手看沉浮。

【陈　毅】

陈毅（1901—1972），四川乐至人。字仲弘，1919年赴法勤工俭学。1922年加入中国社会主义青年团。1923年加入中国共产党。曾参加南昌起义和湘南起义，后与朱德率起义部队上井冈山。中央红军主力长征后，任苏区中央分局委员，中华苏维埃共和国中央政府办事处主任，领导南方三年游击战争。曾任新四军第一支队司令员，新四军代理军长，中共中央军委华中分会副书记、新四军军长、山东野战军、华东野战军、第三野战军司令员兼政委等，参与组织和指挥淮海战役。新中国成立后，任华东军区司令员、中共中央军委副主席、国务院副总理兼外交部长等。1955年被授予元帅军衔。作品编为《陈毅诗词选集》、《陈毅诗稿》。

梅岭三章

一九三六年冬，梅山被围。余伤病伏丛莽间二十余日，虑不得脱，得诗三首留衣底，旋围解。

断头今日意如何？创业艰难百战多。
此去泉台招旧部，旌旗十万斩阎罗。

南国烽烟正十年，此头须向国门悬。
后死诸君多努力，捷报飞来当纸钱。

投身革命即为家，血雨腥风应有涯。
取义成仁今日事，人间遍种自由花。

青　松

大雪压青松，青松挺且直。
要知松高洁，待到雪化时。

过微山湖

横越江淮七百里，微山湖色慰征途。
鲁南峰影嵯峨甚，残月扁舟入画图。

【柔　石】

柔石（1901—1931），浙江宁海人。原名赵平复，化名少雄。1928年到上海从事革命文学运动，曾任《语丝》编辑，并与鲁迅先生同办“朝花社”。1930年初，自由运动大同盟筹建，柔石为发起人之一。1930年3月中国左翼作家联盟成立，柔石曾任执行委员、编辑部主任。同年5月加入中国共产党，并以左联代表资格，参加全国苏维埃区域代表大会。1931年1月在上海被捕，同年2月于龙华就义。遗著有《柔石选集》。

战

尘沙驱散了天上的风云，
尘沙埋没了人间的花草；
太阳呀，呜咽在灰暗的山头，
孩子呀，向着古洞深林中奔跑！

陌巷与街衢，
遍是高冠大面者的蹄迹，
肃杀严刻的兵威，
利于三冬刺骨的飞雪！

真的男儿呀，醒来罢，
炸弹！手枪！
匕首！毒箭！
古今武器，罗列在面前。
天上的恶魔与神兵，

也齐来助人类战，
战！

火花如流电，
血泛如洪泉，
骨堆成了山，
肉腐成肥田。
未来子孙们的福荫之宅，
就筑在明月所清照的湖边。

呵！战！
剜心也不变！
砍首也不变！
只愿锦绣的山河，
还我锦绣的面！
呵！战！
努力冲锋，
战！

1925年7月8日夜

【邓恩铭】

邓恩铭（1901—1931），贵州荔波人。又名邓恩明、尧钦、建勋、黄伯云，字仲尧。1920年在济南与王烬美一起组织共产主义小组，1921年7月出席中国共产党第一次全国代表大会。1922年赴莫斯科出席远东各国共产党及民族革命团体第一次代表大会。回国后负责党组织在山东的工作，并开展工人运动。1923年任中共青岛直属支部书记。曾任中共山东地区委员会书记、中共山东省委书记兼青岛市委书记。1928年因叛徒告密被捕，1931年4月5日在济南就义。

决　心

读书济世闻鸡舞，革命决心放胆尝。
为国牺牲殇是福，在山樗栎寿嫌长。

【杨开慧】

杨开慧（1901—1930），湖南长沙人。又名云霞，字云锦。毛泽东夫人。1920年加入中国社会主义青年团。1921年加入中国共产党。曾在中共湘区委员会担任机要和交通联络工作。1923年随毛泽东在上海、韶山、广州、武汉等地从事革命活动。大革命失败后，返回长沙从事地下革命斗争。1930年10月因叛徒出卖被捕，同年11月在长沙浏阳门外就义。

偶　感

天阴起朔风，浓寒入肌骨。
念兹远行人，平波突起伏。
足疾已否痊，寒衣是否备？
孤眠谁爱护，是否亦凄苦？
书信不可通，欲问无人语。
恨无双飞翮，飞去见兹人。
兹人不得见，惆怅无已时。

【郭　亮】

郭亮（1901—1928），湖南望城人。1920年参加中国社会主义青年团，1921年加入中国共产党，从事工人运动。1923年任湖南工团联合会总干事、中共湖南省委委员兼工农部部长。1926年任湖南省总工会委员长。1927年出席中国共产党第五次全国代表大会，并当选为中央委员，同年参加南昌起义，后任中共湖北省委书记、中共湘鄂边区特委书记。1928年3月27日在岳阳被捕，29日在长沙就义。

过岳阳楼

潇水流，湘水流，流入长江不见头。
龙君送我洞庭水，何时洗尽人间愁！

【王达强】

王达强（1901—1928），湖北黄梅人。号镜清，乳名伯发，1924年考入湖北省立第一中学，1925年春加入中国共产党。寒假回家，在家乡古角成立古角青年学会。返校后，支援省港罢工，参加收回汉口英租界的斗争。1926年10月，担任汉口硚口地区团委书记，创办青年政治学习训练班。四一二政变后，任湖北团省委书记，京汉铁路总指挥。同年10月被捕，1928年就义。

勉 励

自叹青春运不齐，山河破碎又支离。
胸怀东海波涛阔，气压西江草树低。
怨处每时思国恨，闲来挥笔写新诗。
男儿未展凌云志，空负天生五尺躯。

【吕惠生】

吕惠生（1902—1945），安徽无为人。1942年参加中国共产党。曾任江苏仪征县县长、安徽无为县县长、皖江行政公署主任。1945年9月随新四军七师北上，途中遭袭被捕。同年11月在南京遇害。

留取丹心照汗青

忍看山河碎？愿将赤血流！
烟尘开敌后，扰攘展民猷。
八载坚心志，忠贞为国酬。
且欣天破晓，竟死我何求！

【马本斋】

马本斋（1902—1944），河北献县人。回族。早年曾流落东北，参加过东北军。1932年，因不满旧军队，毅然返回故乡。抗日战争爆发后，在家乡组织回民抗日义勇队并任队长。1938年率部参加八路军，加入中国共产党。先后任回民教导队队长、回民干部教导总队队长、八路军第三纵队回民支队司令员兼冀鲁豫军区第三军分区司令员。1940年8月率部参加了百团大战，荣获冀中军区授予的“打不烂，拖不垮，攻无不克的铁军”称号。

抒　怀

风云多变山河愁，雁叫霜天又一秋。
男儿空有凌云志，不尽苍江付东流。

【关向应】

关向应(1902—1946)，辽宁金县人。原名致祥，又名应禀。满族。1924年加入中国社会主义青年团。同年底赴莫斯科东方大学学习。1925年加入中国共产党，同年回国。1927年当选共青团中央委员。1928年“六大”上当选为中央委员、中央政治局候补委员，同年当选为共青团中央书记。1935年11月，参加领导红二、六军团长征。后任红二方面军副政委、总政委。抗日战争爆发后，任八路军第120师政委兼晋西北军区政委、晋绥军区政委、陕甘宁晋绥联防军政委。1941年秋因病回延安休养。1946年在延安病逝。

征　途

月色在征尘中暗淡，
马蹄下迸裂着火星。
越河溪水，
被踏碎的月影闪着银光，
电火送着马蹄，
消失在稀微的灯光中。

【杨石魂】

杨石魂（1902—1929），广东普宁人。1923年在广州参加社会主义青年团。1924年加入中国共产党。1925年2月，回潮汕开展青年和工农运动。大革命失败后，组织普宁和各地农民举行武装暴动，建立普宁县临时人民政府。后率工农武装与海陆丰农军汇合，组建东江工农自卫军。1928年底，被党中央调往上海工作。1929年受党指派往武汉重建湖北省委期间被捕，不久就义。

十六字令 四首

愁，
惨淡黄花白骨幽。
英雄血，
洒遍黑神州。

苦，
英魂郁郁埋芳土。
狮梦酣，
几时重起舞。

悲，
壮志未酬魂已飞。
铁身手，
空换记功碑。

壮，
中原烽火烛天汉。
剑光虹，
鸡鸣已三省。

【阳翰笙】

阳翰笙（1902—1993），四川高县人。原名欧阳本义，字继修，1925年加入中国共产党。后任黄埔军校政治部秘书兼政治教官，1927年参加南昌起义，同年年底参加创造社。1933年起创作电影剧本《铁板红泪录》、《中国海的怒潮》、《生之哀歌》、《生死同心》、《草莽英雄》等。抗战争期间曾任国民政府军事委员会政治部第三厅主任秘书、文化工作委员会副主任、中国电影制片厂编导委员会主任等职。新中国成立后，历任中华全国电影艺术工作者协会第一届主席，全国文联党组书记兼秘书长、副主席。

一帆东去自由身

1922年秋，我在成都省立一中读书时，因闹学潮，反对新任政客校长，遭反动当局通缉，只好逃去。

锦江之水清又清，水底游鱼分外明。
不怕虎狼爪牙至，一帆东去自由身。

【陈　赓】

陈赓（1903—1961），湖南湘乡人。原名庶康。1922年加入中国共产党。曾入黄埔军校第一期学习。1926年赴苏学习。次年回国参加南昌起义。1930年到鄂豫皖革命根据地，曾任红四方面军十二师师长。后到中央革命根据地，任步兵学校校长。1934年参加长征，任军委干部团团长。后任红一军团一师师长、八路军一二九师三八六旅旅长、太岳军区司令员、太岳纵队司令员、晋冀鲁豫野战军第四纵队司令员，二野第四兵团司令员兼政委。新中国成立后，任西南军区副司令员兼云南军区司令员、中国人民志愿军副司令员、中国人民解放军副总参谋长兼国防科委副主任、国防部副部长。1955年被授予大将军衔。

试作囚

沙场驰驱南北游，横枪跃马几春秋，
为扫人间忧患事，小住南牢试作囚。

【李求实】

李求实（1903—1931），湖北武昌人。原名国纬，字北平。1922年加入中国共产党。1923年参加领导二七大罢工，任京汉铁路总工会党团成员。1924年到莫斯科东方大学学习，任中共中央驻莫斯科总代表。1925年回国，在上海编辑《中国青年》，后任主编。1926年8月任中国共产主义青年团广东区委宣传部长，主编《主编先锋》。1928年任团中央宣传部长。1931年被捕，不久就义于上海龙华。著有《革命歌集》、《小品文杂感集》等。

黄河大堤晚眺

大河经百徙，故道尚微茫。
白苇连岗蔓，金沙卷地黄。
壮观惟叠浪，乡思在遐方。
笔阵凌空起，桑乾渤海旁。

【聂绀弩】

聂绀弩（1903—1986），湖北京山县人。原名聂国棪，笔名绀弩、耳耶等。现代作家、古典文学研究家，1924年考入广州中央陆军军官学校。1925年考入莫斯科中山大学学习，1927年回国。1932年，在上海参加中国左翼作家联盟。1935年5月，加入中国共产党。新中国成立后，历任中南区文教委员会委员、香港《文汇报》主笔等职。作品有：短篇小说集《邂逅》，诗集《元旦》，散文集《婵娟》，杂文集《关于知识分子》等。

推　磨

百事输人我老牛，惟馀转磨稍风流。
春雷隐隐全中国，玉雪霏霏一小楼。
把坏心思磨粉碎，到新天地作环游。
连朝齐步三千里，不在雷池更外头。

【冯雪峰】

冯雪峰（1903—1976），浙江义乌人。原名福春，笔名雪峰、画室、洛扬等。1922年与汪静之等组织湖畔诗社。1927年6月加入共产党。后到上海编辑出版《萌芽》月刊，并与鲁迅共同编辑《科学的艺术论丛书》。1930年与鲁迅等发起中国自由运动大联盟。曾任左联党团书记、中共上海中央局文委书记等。新中国成立后曾任《文艺报》主编、人民文学出版社社长兼总编辑、中国作协副主席等。1958年被错划为右派，1979年改正，恢复党籍。著有《湖畔》、《春的歌集》、《真实之歌》、《鲁迅论及其他》、《雪峰文集》、《上饶集中营》、《太平天国》等。

探　日

夸父欲探日出处，即行与日竞奔波。
直朝旸谷飞长腿，不惜身躯掷火涡。
饮尽渭黄不止渴，再赴北泽死其阿。
英雄建业多如此，血汗曾流海不过。

【胡也频】

胡也频（1903—1931），福建福州人，原名胡崇轩，笔名也频、白丁、野草等。1921年入天津大沽口海军学校，后到北京。1925年与丁玲结婚。1927年出版第一本短篇小说集《圣徒》。1928年到上海后读了大量苏俄文艺理论和马列主义书籍，创作出《到莫斯科去》和《光明在我们的前面》等正面讴歌工人运动的革命现实主义代表作。1930年5月在上海加入“左联”，11月加入中国共产党，被选为全国苏维埃区域代表大会代表。1931年1月17日被捕，2月7日于上海龙华就义。

欲雨的天色

已经是太阳出山的时候，
丛立在地上的树林，
当不现一枝之影。

圆月早失了边界，
只是黯淡，朦胧，
如一团炊烟之散漫。

气压低低的，
倘若遇故事中的杞人，
必忧天之将崩坠。

到处是一重阴郁，
即在最近的屋端，

亦不见乌鸦或孤雁的飞翔。

呵，这欲雨的天色，
如小孩子的哭脸，
又如新时代的青年之苦闷。

【王孝锡】

王孝锡（1903—1928），甘肃省宁县人。1924年考入国立西北大学。1925年暑假，在宁县太昌镇成立甘肃“青年社”。同年6月，加入中国共产党。曾根据党的指示，改组中共甘肃特别支部，并任组织部长。大革命失败后，先后组织中共彬宁（彬县、宁县）支部和读书会，恢复“青年社”。1928年，领导和参加了旬邑暴动。并去彬县百子沟煤矿开展工人运动。同年11月26日被捕，不久就义。

遂五遗书

纵有垂天翼，难脱今夜险。
问苍天，何不行方便？
驭飞云，驾慧船，
搬我直到日月边。
取来烈火千万炬，
这黑暗世界，化作尘烟，
出铁笼，看满腔热血，
洒遍地北天南。
一夕风波路三千，
把家园骨肉齐抛闪。
自古英雄多磨难，
岂独我今然！
望爹娘，休把儿挂念，
养玉体，度残年，

尚有一兄三弟，足供欢颜。
儿去也，莫牵连！

【杨　超】

杨超（1904—1927），江西德安人。1923年加入共产主义青年团，1925年加入中国共产党。1926年由党派回江西担任中共江西省委委员，后赴德安担任中共县委书记。1927年4月，曾经转往南昌、武昌、河南等地工作；10月，作为党的特派员再返江西，在九江被捕。1927年12月27日就义于南昌。

就义诗

满天风雪满天愁，革命何须怕断头？
留得子胥豪气在，三年归报楚王仇！

【郭化若】

郭化若（1904—1995），福建福州人。原名郭可彬，曾用名郭俊英、郭化玉、郭化羽。曾参加北代战争，淮海战役（围歼黄伯韬兵团及合围杜聿明集团）。1955年被授予中将军衔。著有《郭化若军事论文选集》、《新教育教学法》、《军事辩证法》等。

戍余寄闽中父母

万里归来闪电眸，高歌击楫荡飞舟。
洗天不吝捐吾血，填海何妨掷此头。
胜败不辞千战苦，罪功且听民众讴。
壮怀欲破青天上，捧得红云下九州。

菩萨蛮·渡江之夜

素帆百万飞如箭，乘风顷刻敌前现。
碧水静无波，疏星夜转多。

弹飞如急雨，难阻雄师路。
天险说长江，功成夜未央。

【田波扬】

田波扬（1904—1927），湖南浏阳人。1922年加入中国共产党，负责湖南学联的领导工作。1926年任共青团湖南省委书记。1927年四月出席中国共产党第五次全国代表大会。马日事变后，坚持地下革命斗争，不幸被捕，1927年6月6日与夫人陈昌甫一起就义于长沙。

我　要

我要放出更强烈的火光，
照破人世间的虚伪和欺诈　。
我要锻炼成尖锐的小刀，
刺破人与人之间的隔膜。

1922年11月2日晚

【周文雍】

周文雍（1905—1928），广东开平人。乳名光宏。1923年参加中国社会主义青年团，1925年加入中国共产党。1926年春，当选为中共广东区委委员，不久又担任社会主义青年团广州地委书记，主要从事青年运动工作。1927年12月广州起义时，曾任广州苏维埃劳动委员和工人赤卫队总指挥。1928年春被捕，不久就义。

绝笔诗

头可断，肢可折，革命精神不可灭。
壮士头颅为党落，好汉身躯为群裂。

【许瑞芳】

许瑞芳（1905—1934），江西崇仁人。1926年加入中国共产党。1929年春在临川县开展农民运动，组织革命武装。大革命失败后坚持斗争，后率领农民武装参加南昌起义，以后又随军南征广东。1929年冬转到中央苏区工作，1930年担任红四军第十师宣教科长，1934年随中央红军长征，在途中牺牲。

农人的叹声

农民苦真苦，清早去锄土，
太阳已下山，做到二更鼓。
日光当头晒，汗如雨下注，
风吹暴雨淋，正在田间做。
水旱天灾降，深夜睡不着，
且幸秋收熟，大半交租谷。
镰刀方收藏，又要寻借户，
春荒米陡涨，日子真难度。
官衙差警来，催粮太紧促，
团丁作威福，兵士来拉夫，
难免将被捉，任你怎乞求，
只是空泣诉。
可怜衣无穿，补上又加补，
居住太窄狭，东倒西歪屋。
四季无饱期，时常要吃粥，
儿女已长成，怎能教他读。

人们卑贱我，道是红脚肚，
一生白勤劳，为他人造福。
总是要翻身，快去找出路，
大家来团结，别人靠不住，
努力去斗争，罢税抗租谷，
个个去做工，人人来享福。

【赵一曼】

赵一曼（1905—1936），四川宜宾人。1926年加入中国共产党。1927年赴中央军事政治学校武汉分校学习。同年去莫斯科中山大学学习，1928年回国。“九一八”事变后到东北。历任中共满洲省总工会组织部长，哈尔滨总工会代理书记、中共珠河中心县委委员兼铁北区委书记，东北人民革命军第三军第一师第二团政委。1935年11月与日伪作战时受伤被俘。1936年8月2日在珠河被杀害。

滨江抒怀

誓志为国不为家，涉江渡海走天涯。
男儿岂是全都好，女子缘何分外差？
一世忠贞兴故国，满腔热血沃中华。
白山黑水除敌寇，笑看旌旗红似花！

【杨靖宇】

杨靖宇（1905—1940），河南确山人。原名马尚德，又名马顺清，字骥生。1925年加入中国共产主义青年团，1927年加入中国共产党。同年10月参与领导确山农民运动，组织刘店农民秋收起义。1929年任中共抚顺特别支部书记。曾五次被捕入狱。九一八事变后曾任东北反日救国总会负责人、中共哈尔滨市委书记等职。1933年起曾任南满游击队政委、东北人民革命军第一军独立师师长兼政委、东北抗日联军第一军军长兼政委、第一路军总司令兼政委，是东北抗日联军的主要创建人和领导人。1940年1月因叛徒告密遭日军围攻，与日周旋奋战五昼夜，于2月23日在吉林蒙江（今靖宇县）牺牲。

中朝民族联合抗日歌（四）

照耀全球，
闪烁不灭，
最惊人的火星！

万恶日寇，
自掘坟墓，
非人能回生。

勇猛冲锋，
吉凶祸福，
并非天来定。

事在人为，

诚至金开，
自有曙光逢。

前进呀，中朝民族！
既有始，要有终！
誓杀到敌人大本营。
猛冲锋！

【李得钊】

李得钊（1905—1936），浙江永嘉人。又名德昭，字伯明，1920年加入社会主义青年团，次年转为中共党员。曾在军委书记周恩来领导下处理中央三军工作。1934年6月26日晚被捕，受尽严刑拷打和威逼利诱，不为所动。1935年8月，被判徒刑十五年，1936年9月病逝于狱中。新中国成立后，周恩来致函华东军政委员会，追认为革命烈士。

灯　蛾

灯蛾扑火似无成，是是非非评不清，
我说灯蛾死可贵，粉身碎骨向光明。

【肖次瞻】

肖次瞻(1905—1940)，贵州思南人。1927年加入中国共产主义青年团，1938 年加入中国共产党。曾任中共思南县委书记、中共贵州省工委秘书长。1940年夏被国民党特务逮捕，同年12月就义于贵阳。

诗一首

历尽崎岖路几程，寸心原欲救危倾；
黄花寂寞锁深院，浓雾迷漫罩古城。
忍受折磨堪励志，相关痛痒见交情；
劝君正向光明面，心自安详气自盈。

【楼适夷】

楼适夷（1905—2001），浙江余姚人。原名锡春。早年参加太阳社，曾留学日本，1925年参加中国共产主义青年团，1926年转为中国共产党党员，1927年任中共余姚支部书记。1931年从事左联和文总的党团工作，任《前哨》编辑，后参加反帝同盟，在中共江苏省委工作。1933年被捕，1937年出狱，历任新华日报社副刊编辑，中华全国文艺界抗敌协会理事，《抗战文艺》及《文艺阵地》编辑、代理主编，新四军浙东根据地浙东行署文教处副处长等职。新中国成立后长期担任人民文学出版社副总编辑兼副社长，并任中国作家协会理事、中国外国文学学会常务理事、副会长，中国翻译工作者协会副会长等职。

狱中咏菊二首其一

羞向春光空咄嗟，秋心寥落听悲笳。
从来不识金风厉，禁院深沉自作花。

【李少石】

李少石（1906－1945），广东新会人。第一次国内革命战争时期加入共产主义青年团，不久加入中国共产党。曾在香港海员工会、党联系上海和苏区的香港交通站、上海工人通讯社、中共江苏省委宣传部工作。1934年被捕，1937年始被释放。抗战后曾在港澳工作一个时期。后赴重庆，在中共中央南方局外事组工作。1945年10月8日不幸遇难。

南京书所见

丹心已共河山碎，大义长争日月光。
不作寻常床箦死，英雄含笑上刑场。

无　题

何须良史判贤愚，正色宁容紫夺朱？
半壁河山存浩气，千年邦国树宏模。
风云敌后新民主，肝胆人前大丈夫。
莫讶头颅轻一掷，解悬拯溺是吾徒。

寄　母

赴义争能计养亲？时危难作两全身。
望将今日思儿泪，留哭明朝无国人。

【李广田】

李广田（1906—1968），山东邹平人。号洗岑，笔名黎地、曦晨等。1923年考入济南第一师范后，开始接触五四以来新思潮、新文学。1929年考入北京大学外语系。1935年北大毕业，回济南教书，后出版散文集《画廊集》、《银狐集》。1941年秋至昆明，在西南联大任教。1948年加入中国共产党。历任中国科学院云南分院文学研究所所长，作协云南分会副丰席、中国作协理事等。著有长篇小说《引力》，理论专著《诗的艺术》、《文学枝叶》、《文艺书简》、《创作论》、《论文学教育》，诗集《汉园集》(合著)、《春城集》等。

地之子

我是生自土中，
来自田间的，
这大地，我的母亲，
我对她有着作为人子的深情。
我爱着这地面上的沙壤，湿软软的，
我的襁褓；
更爱着绿绒绒的田禾，野草，
保姆的怀抱。
我愿安息在这土地上，
在这人类的田野里生长，
生长又死亡。

我在地上，

昂了首，望着天上。
望着白的云，
彩色的虹，
也望着碧蓝的晴空。
但我的脚却永踏着土地，
我永嗅着人间的土的气息。
我无心于住在天国里，
因为住在天国时，
便失去了天国，
且失掉了我的母亲，这土地。

一九三三年春

【陶　铸】

陶铸(1908—1969)，湖南祁阳人。又名陶际华，号剑寒。1926年入黄埔军校学习，同年加入中国共产党。1927年参加南昌起义和广州起义。曾任中共福建省委秘书长和省委书记、湖北省委宣传部部长、新四军鄂豫挺进支队政委、东北野战军第七纵队政委、东北野战军政治部副主任。新中国成立后曾任中共广东省委第一书记、中共中央中南局第一书记、国务院副总理、中共中央宣传部部长，中共中央政治局常委兼书记处常务书记。“文革”中受到迫害，1969年在合肥逝世。主要著作编为《陶铸文集》，并出版有《陶铸诗词选》等。

狱　中

秋来风雨费吟哦，铁屋如灰黑犬多。
国未灭亡人半死，家无消息梦常过。
攘外空谈成绝学，残民工计导先河。
我欲问天何瞶瞶，漫凭热泪哭施罗。

登衡山祝融峰

名山南寺此登临，绝顶融峰敢摘星。
眼底奔流湘水碧，峦巅追逐白云深。
我歌红日经天丽，谁遣豪情仗剑行。
莫道两洋波浪阔，乘风飞去搏长鲸。

赠曾志其二

重上战场我亦难，感君情厚逼云端。
无情白发催寒暑，蒙垢余生抑苦酸。
病马也知嘶枥晚，枯葵更觉怯霜残。
如烟往事俱忘却，心底无私天地宽。

【殷　夫】

殷夫（1909—1931），浙江象山人。原名徐白，又名白莽。1926年7月加入共产主义青年团，1927年加入中国共产党。1928年起即在进步刊物《奔流》和《列宁青年》上发表革命诗歌。1929年起，在党的领导下从事青年工人运动，曾经几次被捕入狱，出狱后继续坚持革命工作。1930年加入中国左翼作家联盟。同年5月，作为左联代表，参加全国苏维埃区域代表大会。1931年1月在上海被捕，就义于龙华。遗著有《殷夫诗文集》。

别了，哥哥

别了，我最亲爱的哥哥，
你的来函促成了我的决心，
恨的是不能握一握最后的手，
再独立地向前途踏进。

二十年来手足的爱和怜，
二十年来的保护和抚养，
请在这最后的一滴泪水里，
收回吧，作为恶梦一场。

你诚意的教导使我感激，
你牺牲的培植使我钦佩，
但这不能留住我不向你告别，
我不能不向别方转变。
在你的一方，哟，哥哥，

有的是，安逸，功业和名号，
是治者们荣赏的爵禄，
或是薄纸糊成的高帽。

只要我，答应一声说，
“我进去听指示的圈套，”
我很容易能够获得一切，
从名号直至纸帽。

但你的弟弟现在饥渴，
饥渴着的是永久的真理，
不要荣誉，不要功建，
只望向真理的王国进礼。

因此机械的悲鸣扰了他的美梦，
因此劳苦群众的呼号震动心灵，
因此他尽日尽夜地忧愁，
想做个普罗米修士偷给人间以光明。

真理和忿怒使他强硬，
他再不怕天帝的咆哮，
他要牺牲去他的生命，

更不要那纸糊的高帽。

这，就是你弟弟的前途，
这前途满站着危崖荆棘，
又有的是黑的死，和白的骨，
又有的是砭人肌筋的冰雹风雪。

但他决心要踏上前去，
真理的伟光在地平线下闪照，
死的恐怖都辟易远退，
热的心火会把冰雪融消。

别了，哥哥，别了，
此后各走前途，
再见的机会是在，
当我们和你隶属着的阶级交了战火。

1929.4.12

【宋铁岩】

宋铁岩（1909—1937），吉林永吉县人。1931年春考入北平中国大学，不久加入中国共产党。历任南满游击队政委、东北人民革命军第一军政治部主任、东北抗日联军第一军政治部主任等职务，是中共南满特委、南满省委委员。九一八事变后，宋铁岩积极响应党的号召，进行反日宣传，被推选为北平学生请愿代表团的负责人，率团赴南京请愿。

壮　志

男儿壮志拓八荒，焉能燕雀守栋梁？
揭地掀天为事业，翻江倒海写文章。

【艾　青】

艾青（1910—1996），浙江金华人。原名蒋正涵，号海澄，曾用笔名莪加、克阿、林壁等，1928年在杭州学习绘画，1929年赴法勤工俭学，1932年回车后参加中国左翼美术家联盟，1941年赴延安，1945年入党。曾任全国政协候补委员、全国文联委员、中国作协副主席、中国美协理事、《人民文学》主编、《诗刊》编委。1957年被错划为右派。主要作品有《大堰河——我的保姆》、《艾青诗选》。

我爱这土地

假如我是一只鸟，
我也应该用嘶哑的喉咙歌唱：
这被暴风雨所打击着的土地，
这永远汹涌着我们的悲愤的河流，
这无止息地吹刮着的激怒的风，
和那来自林间的无比温柔的黎明……
——然后我死了，
连羽毛也腐烂在土地里面。

为什么我的眼里常含泪水？
因为我对这土地爱得深沉……

一九三八年十一月十七日

太阳的话

打开你们的窗子吧
打开你们的板门吧
让我进去，让我进去
进到你们的小屋里

我带着金黄的花束
我带着林间的香气
我带着亮光和温暖
我带着满身的露水

快起来，快起来
快从枕头里抬起头来
睁开你的被睫毛盖着的眼
让你的眼看见我的到来
让你们的心像小小的木板房
打开它们的关闭了很久的窗子
让我把花束，把香气，把亮光
把温暖和露水撒满你们心的空间

一九四二年一月十四日

【张爱萍】

张爱萍（1910—2003），四川达县人，1926年加入共青团，1928年加入中国共产党。1934年参加长征。抗日战争时期，曾任中共豫皖苏省委书记，八路军纵队政委、支队司令员，新四军三师副师长兼苏北军区副司令员，四师师长兼淮北军区司令员。解放战争时期，任华中军区副司令员，三野前委委员。1949年4月任华东军区海军司令员兼政治委员，参加了中国人民解放军海军的创建工作。新中国以后，任浙江军区司令员，第七兵团司令员，华东军区、第三野战军参谋长，人民解放军副总参谋长兼国防科委副主任、国防工办副主任、中共八届中央候补委员、十一届中央委员。

浣溪沙·渴战

决战金鼓催人急，狂飙骤起如卷席。
改天换地在旦夕。

幸得华佗疗剑疾，半生征战血征衣。
梦回沙场马扬蹄。

【江上青】

江上青（1911—1939），江苏扬州人。1927年加入共青团。1929年加入中国共产党。中学时起积极参加革命活动。曾先后在扬州、上海被捕，关押在苏州监狱和上海提篮桥监狱。1933年后从事革命文化教育工作。1938年赴皖东北工作。后任中共皖东特委委员。1939年在泗县遭袭牺牲。

七　律

过隙光阴逝白驹，十年患难早相扶。
雄心拚付三期战，别绪全凭一雁书。
春水绿杨思故里，秋山红叶走征途。
天涯兄弟成劳燕，互问风尘老病无。

浪淘沙

心事到眉梢，扶枕风萧，
而今只合梦中邀。
一夜催诗都是泪，
便做愁浇。

隔雨听芭蕉，孤馆牢骚；
破书囊里恨无刀。
关外马蹄惊塞野，
鼙鼓频敲！

【朱学勉】

朱学勉（1912—1944），浙江宁海人。原名应端贤，1937年10月奔赴延安，11月加入中国共产党。1938年2月由党派回浙江松阳县工作，后曾任中共鄞县县委组织部长、余姚县委书记、诸暨县委书记。1943年任浙东游击队金肖支队第一大队大队长。1944年5月27日在诸暨与日伪军作战时牺牲。

有　感

男儿奋发贵乘时，莫待萧萧两鬓丝！
半壁河山沦异域，一天烽火遍旌旗。
痛心自古多奸佞，怒发而今独赋诗。
四万万人同誓死，一心一德一戎衣。

【何其芳】

何其芳(1912—1977)，四川万县人。原名何永芳，1935年于北京大学哲学系毕业，曾创办刊物《工作》，1938年，到延安鲁迅艺术学院任教，同年加入中国共产党，为革命文艺作了大量拓荒工作。1949年后，历任一、二、三届全国政协委员，第三届全国人大代表，中国文联历届委员，中国作家协会书记处书记，中国社会科学院哲学社会科学部学部委员、文学研究所所长，《文学评论》主编。著有诗集《预言》、《夜歌和白天的歌》，散文集《画梦录》、文艺论文集《关于现实主义》、《论〈红楼梦〉》、《关于写诗和读诗》、《文学艺术的春天》等。

生活是多么广阔

生活是多么广阔，
生活是海洋。
凡是有生活的地方就有快乐和宝藏。
去参加歌咏队，去演戏，
去建设铁路，去做飞行师，
去坐在实验室里，去写诗，
去高山上滑雪，去驾一只船颠簸在波涛上，
去北极探险，去热带搜集植物，
去带一个帐篷在星光下露宿。
去过极寻常的日子，
去在平凡的事物中睁大你的眼睛，
去以自己的火点燃旁人的火，

去以心发现心。
生活是多么广阔。
生活又是多么芬芳。
凡是有生活的地方就有快乐和宝藏。

【胡乔木】

胡乔木(1912—1992)，江苏盐城人。本名胡鼎新，笔名乔木。1930年加入中国社会主义青年团。曾任共青团北平市委委员、宣传部长。1935年转入中国共产党。曾参加领导上海的左翼文化运动和抗日救亡运动。1937年到延安，任中共中央青委委员。1941年任毛泽东秘书和中共中央政治局秘书。1948年任新华总社社长。次年任新闻总署署长。新中国成立后，曾任中共中央宣传部副部长、中共中央副秘书长、中国社会科学院院长、毛泽东著作编委会办公室主任、中顾委常委等职。著有《中国共产党的三十年》、《胡乔木文集》、《关于人道主义和异化问题》、诗集《人比月亮更美丽》。

歌　者

羡慕我的，赠给我鲜花，
厌恶我的，扔给我青蛙。
酸甜苦辣，为美的追求，
这缭乱的云烟怎得淹留！
在路旁劳动和休息的乡亲，
凭咱们共死同生的命运，
我要上高山，看人寰的万象，
要畅饮清风，畅浴阳光，
要尽情地歌唱，唱生活的情歌，
直到呕出心，像临末的天鹅。

【邓　拓】

邓拓（1912—1966），福建福州人。原名邓子健、邓云特。新闻工作者，历史学家，诗人，杂文家。1930年，参加左联，同年加入中国共产党。历任中共晋察冀中央局宣传部副部长、《晋察冀日报》社社长兼总编辑、新华社晋察冀分社社长等职。新中国建立后，历任《人民日报》社社长兼总编辑、全国新闻工作者协会主席、中共北京市委书记处书记等职，并主编理论刊物《前线》。1961年3月，开始以"马南邨"为笔名在北京晚报副刊《五色土》开设《燕山夜话》专栏。1966年5月17日，遭"四人帮"迫害，含冤死去。1979年2月，得以昭雪。主要作品有《三家村札记》（与吴晗、廖沫沙合写），《燕山夜话》等。

留别人民日报诸同志

笔走龙蛇二十年，分明非梦亦非烟。
文章满纸书生累，风雨同舟战友贤。
屈指当知功与过，关心最是后争先。
平生赢得豪情在，举国高潮望接天。

【黄　诚】

黄诚（1914—1941），河北安次人。曾任清华大学学生会主席、北平学联主席。不久，加入中国共产党。1937年抗日战争爆发后，参加新四军，曾任新四军总政治部秘书长。1941年皖南事变中被俘，不久就义于上饶集中营。

亡　命

茫茫长夜欲何之？银汉低垂曙尚迟。
搔首徘徊增愧感，抚心坚毅决迟疑。
安危非复今朝计，血泪拚将此地糜。
莫谓途难时日远，鸡鸣林角现晨曦。

【田　间】

田间（1916—1985），安徽无为人，原名童天鉴。1934年参加左联。后主编《每月诗歌》。1938年到延安，加入中国共产党，并任《新群众》杂志社社长。著有长诗《戎冠秀》，诗集《给战斗者》、《马头琴歌集》等。其诗作《假使我们不去打仗》传遍全国，被闻一多称为“擂鼓诗人”、“时代的鼓手”。

假使我们不去打仗

假使我们不去打仗，
敌人用刺刀
杀死了我们，
还要用手指着我们骨头说：
“看，
这是奴隶！”

一九三八年作

【袁水拍】

袁水拍(1916—1982)，江苏吴县人。原名袁光楣，笔名马凡陀。诗人。肄业于沪江大学。1937年在香港参加文艺界抗敌协会，任候补理事、会刊编辑。1942年加入中国共产党。后历任上海《新民报》、《大公报》编辑，《人民日报》编辑、文艺组组长，中宣部文艺处处长，文化部艺术研究所负责人。著有《马凡陀山歌》等书。

主人要辞职

（《马凡陀山歌》节选）

我亲爱的公仆大人，
蒙你赐我主人翁的名称，
我感到极大的惶恐，
同时也觉得你在寻开心！

明明你是高高在上的大人，
明明我是低低在下的百姓。
你发命令，我来拼命。
倒说你是公仆，我是主人？

我住马棚，你住厅堂
我吃骨头，你吃蹄膀。
弄得不好，大人肝火旺，
把我出气，遍体鳞伤！

大人自称公仆实在冤枉，
把我叫做主人更不敢当。
你的名字应该修改修改，
我也不愿再干这一行。

我想辞职，你看怎样？
主人翁的台衔原封奉上。
我情愿名副其实地做驴子，
动物学上的驴子，倒也堂皇！

我给你骑，理所应当；
我给你踢，理所应当。
我给你打，理所应当。
不声不响，驴子之相！

我亲爱的骑师大人！请骑吧！
请不必作势装腔！
标语口号，概请节省，
民主，民主，何必再唱！

1945年11月12日

【李　飞】

李飞（1917—1936），原名李英华，吉林德惠人，共产党员。曾任共青团下特委书记，1936年冬牺牲。

送友赴平升学

瘴气茫茫在眼前，开明道路是青年。
登山务期达绝顶，掘井何堪不及泉。
气壮应嫌天宇隘，心平莫畏世途艰。
英雄自古皆无种，惟吾男儿志须坚。

【邹荻帆】

邹荻帆（1917—1995），当代诗人和翻译家。湖北天门人。早年就读于湖北省立师范学校。1936年发表长篇叙事诗《做棺材的人》和《没有翅膀的人们》。1938年后在武汉等地从事抗日救亡运动，曾与穆木天、冯乃超等创办《时调》诗刊。1940年入重庆复旦大学学习，以后做过中学教师、报刊编辑。1949年后，历任对外文化联络局办公室主任、《文艺报》编辑部主任、《诗刊》主编等职。1995年9月4日卒于北京。著有诗集《青空与林》、《噩梦备忘录》、《尘木集》、《在天门》等，诗论集《诗的欣赏与创作》、长篇小说《大风歌》等。

蕾

一个年轻的笑
一股蕴藏的爱
一坛原封的酒
一个未完成的理想
一颗正待燃烧的心

【蔡其矫】

蔡其矫（1918—2007），福建晋江人。幼年随家迁居印尼泗水，少时回国读书、生活，1938年赴延安参加革命，在“鲁迅艺术学院”学习，1941年在晋察冀边区华北联大教书，以诗歌《肉搏》成名，20世纪50年代诗歌《雾中汉水》、70年代《祈求》曾闻名遐迩。出版《回声集》、《涛声集》、《祈求》、《福建集》、《迎风》、《醉石》、《诗歌回廊八册》等多部单合本诗集。

祈　求

我祈求炎夏有风，冬日少雨；
我祈求花开有红有紫；
我祈求爱情不受讥笑，
跌倒有人扶持；

我祈求同情心——
当人伤悲
至少给予安慰
而不是冷眼竖眉；

我祈求知识有如泉源
每一天都涌流不息，
而不是这也禁止，那也禁止；

我祈求歌声发自各人胸中
没有谁要制造模式
为所有的音调规定高低；

我祈求
总有一天，再没有人
像我这样的祈求！

【何敬平】

何敬平（1918—1949），四川巴县人。曾在重庆电力公司工作。1945年2月，参与由王若飞直接领导、重庆电力公司发起的全市性的争人权、争民主的群众性革命斗争，并加入中国共产党。1946年上半年，中共重庆电力公司地下党支部成立，何敬平任组织委员。在1945年2月“胡世合惨案”和反特抗暴运动中，和刘德惠共同起草《向各产业工友各界同胞们的控诉》的控诉书。1948年4月5日因叛徒出卖被逮捕，囚禁于渣滓洞监狱，在狱中以诗明志，坚持斗争，后在狱中殉难。

把牢底坐穿

为了免除下一代的苦难，
我们愿——
愿把这牢底坐穿！
我们是天生的叛逆者，
我们要把这颠倒的乾坤扭转！
我们要把这不合理的一切打翻！
今天，我们坐牢了，
坐牢又有什么希罕？
为了免除下一代的苦难，
我们愿——
愿把这牢底坐穿！

1948年夏于渣滓洞

我是江河

我是江河，
我只是细小的溪流，
我只有轻轻的涟漪，
微弱的漩涡。

我将是汹涌的江河，
我要用原始的野性
激荡、澎湃！
我要淹没防堵的堤坝，
我要冲毁阻碍的山岳！

我决不让我的生命窒息，
我渴望海，
我不只是细小的溪流，
我不只有轻轻的涟漪，
微弱的漩涡。
我是江河！
我是江河！

【郭小川】

郭小川(1919—1976)，河北丰宁人。1937年参加八路军，被分配到一二〇师三五九旅。同年加入中国共产党。1941年至1945年，在延安马列学院、中央党校三部等单位学习。曾任冀察热辽《群众日报》副总编辑、兼《大众日报》负责人，《天津日报》编辑部主任，中央作协党组副书记、作协书记处书记兼秘书长、《诗·刊》编委等职。著有诗集《甘蔗林——青纱帐》、《昆仑行》、长诗《将军三部曲》等。

甘蔗林——青纱帐

南方的甘蔗林哪，南方的甘蔗林！
你为什么这样香甜，又为什么那样严峻？
北方的青纱帐啊，北方的青纱帐！
你为什么那样遥远，又为什么这样亲近？

我们的青纱帐哟，
跟甘蔗林一样地布满浓阴，
那随风摆动的长叶啊，
也一样地鸣奏嘹亮的琴音；
我们的青纱帐哟，
跟甘蔗林一样地脉脉情深，
那载着阳光的露珠啊，
也一样地照亮大地的清晨。
肃杀的秋天毕竟过去了，

繁华的夏日已经来临，
这香甜的甘蔗林哟，
哪还有青纱帐里的艰辛！
时光像泉水一般涌啊，
生活像海浪一般推进，
那遥远的青纱帐哟，
哪曾有甘蔗林里的芳芬！

我年轻时代的战友啊，
青纱帐里的亲人！
让我们到甘蔗林集合吧，
重新会会昔日的风云；
我战争中的伙伴啊，
一起在北方长大的弟兄们！
让我们到青纱帐去吧，
喝令时间退回我们的青春。

可记得？
我们曾经有过一个伟大的发现：
住在青纱帐里，
高粱秸比甘蔗还要香甜；
可记得？

我们曾经有过一个大胆的判断:
无论上海或北京,
都不如这高粱地更叫人留恋。

可记得?
我们曾经有过一种有趣的梦幻:
革命胜利以后,
我们一道抖着白须、游遍江南;
可记得?
我们曾经有过一点渺小的心愿:
到了社会主义时代,
狠狠心每天抽它三支香烟。

可记得?
我们曾经有过一个坚定的信念:
即使死了化为粪土,
也能叫高粱长得秆粗粒圆;
可记得?
我们曾经有过一次细致的计算:
只要青纱帐不倒,
共产主义肯定要在下一代实现。

可记得？
在分别时，我们定过这样的方案：
将来，哪里有严重的困难，
我们就在哪里见面；
可记得？
在胜利时，我们发过这样的誓言：
往后，生活不管甜苦，
永远也不忘记昨天和明天。

我年轻时代的战友啊，
青纱帐里的亲人！
我们有的当了厂长、学者，
有的作了编辑、将军，
能来甘蔗林里聚会吗？
——不能又有什么要紧！
我知道，
你们有能力驾驭任何险恶的风云。

我战争中的伙伴啊，
一起在北方长大的弟兄们！
你们有的当了工人、教授，
有的作了书记、农民，

能再回到青纱帐去吗?
——生活已经全新,
我知道,
你们有勇气唤回自己的战斗的青春。

南方的甘蔗林哪,南方的甘蔗林!
你为什么这样香甜,又为什么那样严峻?
北方的青纱帐啊,北方的青纱帐!
你为什么那样遥远,又为什么这样亲近?

【魏　巍】

魏巍（1920—2008），河南郑州人。原名魏鸿杰，曾用笔名红杨树。毕业于延安抗日军政大学。1938年加入中国共产党。1950年底，奔赴朝鲜前线，回国后发表了一批文艺通讯，其中《谁是最可爱的人》在全国引起广泛影响。1978年创作完成了抗美援朝题材长篇小说《东方》，1983年获首届茅盾文学奖。

蝈蝈，你喊起他们吧

战斗了一夜一早晨，战士呵，
用挂满露水的刺刀，
割一枝红酸枣吃下你便睡了。

睡得这样甜呵！
树影在你的军大衣上绣起了花朵，
大红枣跳到子弹带上你也不知道。

螳螂，你这个勇敢美丽的昆虫，
你站在战士的脚上，触须轻轻舞动。
你可是在偷看他们的梦？

你可曾看见，在他们的梦里：
手榴弹开花是多么美丽，
战马奔回失去的故乡时怎样欢腾，
烧焦的土地上，有多少蝴蝶又飞上花丛！

呵，蝈蝈，你喊起他们吧！
在升起笔直的青烟那边，
早饭已经熟了。

1941.9

【曾　卓】

曾卓（1922—2002），原籍湖北黄陂，生于湖北武汉。原名曾庆冠。笔名柳红、马莱、林薇等。1936年加入武汉市民族解放先锋队，1938年入党。1940年加入全国文协，组织诗垦地社。1944至1945年从事《诗文学》编辑工作。曾为《大刚报》主编副刊。1950年任教湖北省教育学院和武汉大学中文系，1952年任《长江日报》副社长，当选武汉市文联、文协副主席。

悬崖边的树

不知是什么奇异的风
将一棵树吹到了那边——
平原的尽头
临近深谷的悬岩上

它倾听远处深林的喧哗
和深谷中小溪的歌唱
它孤独地站在那里
显得寂寞而又倔强

它弯曲的身体
留下了风的形状
它似乎即将倾跃进深谷里
而又像是要展翅飞翔……

【李　季】

李季（1922—1980），河南唐河县祁仪镇人。原名李振鹏，笔名里计、于一帆等。现代著名诗人。代表作《王贵与李香香》。

正是杏花二月天

正是杏花二月天，
遍地麦苗像绿毡。
汽车走在公路上，
姑娘们锄草在地边。

汽车停在公路旁，
姑娘们上前围着看。
司机同志修车忙，
两手油腻汗满脸。

修好汽车把路赶，
司机扳动方向盘。
一个姑娘走过来，
手扒车窗红着脸。

“同志你先慢一点，
有句话儿和你谈：
我想托你带封信，

不知你情愿不情愿？”

“信儿捎给什么人？
就怕人多找不见。”
“看了信封你就知道，
他的名字在上边。”

“呵，你是给他写的信，
我保证送到他手边；
油矿上谁不知道他，
那是个能干的好青年。

“他是你的什么人？”
司机看着姑娘的脸。
姑娘撒手跳下地，
笑着跑回麦地边。

正是杏花二月天，
遍地麦苗像绿氈。
司机张眼望麦地，
一只蝴蝶光闪闪。

【田家英】

田家英（1922—1966），四川成都人。1936年在成都参加抗日救亡工作。次年参加中华民族解放先锋队。1938年入陕北公学学习。同年加入中国共产党。曾任延安马列学院教员、中共中央政治研究室研究员、中共中央宣传部历史组组员。1948年至1966年任毛泽东秘书。中共八大代表、第三届全国人大代表。参加了《毛泽东选集》第一至四卷的编辑出版工作。著有《学习<为人民服务>》、《宣传毛泽东思想》、《中国妇女生活史话》，编有《民国以来大事年表》等。

七　绝

十年京兆一书生，爱书爱字不爱名。
一饭膏粱颇不薄，惭愧万家百姓心。

【闻　捷】

闻捷(1923—1971)，江苏丹徒人。原名赵文节，曾用名巫之禄，历任新华通讯社西北总社采访部主任、新疆分社社长，中国作协第二届理事、兰州分会副主席。创作主要以诗歌为主，主要作品有《祖国！光辉的十月》、《生活的赞歌》、《河西走廊行》以及诗集《天山牧歌》、《生活的赞歌》，长诗《复仇的火焰》。

苹果树下

苹果树下那个小伙子，
你不要、不要再唱歌；
姑娘沿着水渠走来了，
年轻的心在胸中跳着。

她的心为什么跳呵？
为什么跳得失去节拍？……
春天，姑娘在果园劳作，
歌声轻轻从她耳边飘过。

枝头的花苞还没有开放，
小伙子就盼望它早结果。
奇怪的念头姑娘不懂得，
她说：别用歌声打扰我。

小伙子夏天在果园度过，
一边劳动一边把姑娘盯着，
果子才结得葡萄那么大，
小伙子就唱着赶快去采摘。
满腔的心思姑娘猜不着。
她说：“别象影子一样缠着我。

淡红的果子压弯绿枝，
秋天是一个成熟季节，
姑娘整夜整夜地睡不着，
是不是挂念那树好苹果？
这些事小伙子应该明白，
她说：有句话你怎么不说？……

苹果树下那个小秋子，
你不要，不要再唱歌；
姑娘踏着草坪过来了，
她的笑容里藏着什么？……
说出那句真心的话吧！
种下的爱情已该收获。

【彭加木】

彭加木（1925—1980），广东番禺人。原名彭加睦。1947年在北京大学农学院任助教。1949年后进中国科学院上海生物化学研究所当研究员，1979年兼任中国科学院新疆分院院长。他先后15次到新疆进行科学考察，3次进入巴音郭楞的罗布泊进行探险，1980年6月17日上午10时，因科学考察中缺水，主动出去为大家找水，不幸失踪。

诗一首

昂藏七尺志常多，改造戈壁竟若何。
虎出山林威失恃，岂甘俯首让沉疴！

启　事

《红诗一百首》收录诗词136首，其中有部分作品尚在版权保护期内，因时间有限，很多作者的著作权继承人未能及时联系上，恳请尽快与本社联系，让我们献上微薄的报酬与诚挚的敬意。

电话：020-83000503

出版者谨启